AF314374

VENTE

HOTEL DROUOT, SALLE N° 1

Les Mercredi 13 et Jeudi 14 Mai 1903

A 2 HEURES 1/2

MEUBLES & SIÈGES

ANCIENS ET DE STYLES

OBJETS D'ART   CURIOSITÉS

Tableaux

ANCIENS & MODERNES

DESSINS   GRAVURES

M. René LYON
COMMISSAIRE-PRISEUR
39, Rue Le Peletier, 39

M. H. LEROUX
EXPERT
5, Rue de Grammont, 5

EXPOSITION PUBLIQUE

LE MARDI 12 MAI 1903

DE 2 HEURES A 6 HEURES

CATALOGUE

DE

MEUBLES ANCIENS & SIÈGES

des époques et des styles

LOUIS XIII, XV, XVI ET EMPIRE

*Salon, Bergères, Fauteuils, écran en bois sculpté et doré
et Tapisserie d'Aubusson*

*Canapé - Pommier, Banquettes, Bergères, Fauteuils et Chaises des
styles Louis XV et Louis XVI sculptés et garnis en tapisserie
et en soie brochée.*

Paravents des styles Louis XVI et Empire

AMEUBLEMENT DE SALON MARIE-ANTOINETTE

Bois sculpté et doré, garni en velours de Gênes

*Bureau à cylindre Empire orné de bronzes, Bahut Louis XIII
Armoires anciennes, Normande et Bretonne, etc.*

AMEUBLEMENT DE CHAMBRE A COUCHER DE STYLE RENAISSANCE

Noyer sculpté et ciré

*Beau Buffet-crédence de style Renaissance, noyer sculpté en haut relief
Tables et Bahut de salon, Vitrines, Tables de jeu et à ouvrage
de style Louis XVI en marqueterie, Consoles, Gaines, Guéridons
Torchères de divers styles, Glaces, etc.*

PIANO A QUEUE DE ÉRARD — PIANO DE DIETZ

Deux Statues bois sculpté, peint et doré, époque Louis XIV

(FEMMES CASQUÉES FORMANT TORCHÈRES)

*Pendules de l'Empire, Faïences de Deck et autres, Curiosités, Armes
Objets de vitrine, Argenterie, Bijoux, Dentelles*

TABLEAUX ANCIENS ET MODERNES — DESSINS — GRAVURES

Etoffes et Broderies anciennes

HOTEL DROUOT, SALLE Nº 1

Les Mercredi 13 et Jeudi 14 Mai 1903

A 2 HEURES 1/2

Mᵉ René LYON	M. H. LEROUX
COMMISSAIRE-PRISEUR	EXPERT
29, — *Rue Le Peletier*, — 29	15, — *Rue de Grammont*, — 15

EXPOSITION PUBLIQUE

Le Mardi 12 Mai, de 2 heures à 6 heures

CONDITIONS DE LA VENTE

La vente sera faite au comptant.

Les acquéreurs paieront *dix pour cent* en sus des prix d'adjudication.

L'exposition mettant le public à même de se rendre compte de l'état des objets, il ne sera admis aucune réclamation une fois l'adjudication prononcée.

3737. — Imprimerie C. CHAUFOUR, 8-10, rue Milton. Paris

DÉSIGNATION

MEUBLES

1 — Beau meuble de salon dit Marie-Antoinette, composé de : un canapé et quatre fauteuils en bois sculpté et doré, garnis en velours de Gênes, à médaillons d'enfants.

2 — Bahut en chêne sculpté à quatre portes à pointes de diamants et colonnettes doubles torses. Epoque Louis XIII.

3 — Armoire bretonne ancienne, sculptée.

4 — Armoire normande chêne sculpté. Epoque Louis XVI.

5 — Très beau buffet à crédence de style Renaissance fermant à une porte, ornée d'un panneau en haut relief représentant une scène de buveurs.

6 — Beau bureau à cylindre en acajou époque du Ier Empire, orné de bronzes ciselés et dorés.

7 — Bergère en bois sculpté et doré garnie en tapisserie, siège et dossier à petits personnages, accotoirs à fleurs et lambrequins.

8 — Bergère en bois sculpté et laqué blanc, style Louis XV garnie en tapisserie d'Aubusson.

9 — Fauteuil à coiffer, style Louis XVI, bois sculpté et doré foncé de canne.

10 — Table à ouvrage de style Louis XVI, ornée de bronzes.

11 — Ameublement de salon de style Louis XVI composé de : un canapé et quatre fauteuils sculptés et dorés garnis en velours de Gênes.

12 — Paravent de style Louis XVI sculpté et doré à trois feuilles peintes à fleurs et médaillons en camaïeu.

13 — Ecran de style Louis XVI sculpté et doré, feuille en tapisserie à bouquets de fleurs.

14 — Banquette de style Louis XIII, garnie en tapisserie.

15 — Banquette en noyer en noyer sculpté, style Louis XV, garnie en tapisserie.

16 — Ameublement de salon composé de : un canapé, quatre fauteuils et quatre chaises, bois doré. Style Louis XIV recouverts en tapisserie d'Aubusson.

17 — Douze chaises de salle à manger en bois sculpté peintes en blanc et cannées. Style Louis XVI.

18 — Bergère en bois sculpté et laqué de style Louis XVI.

19 — Banquette de piano bois sculpté et doré de style Louis XV.

20-21 — Deux consoles de style Louis XVI, bois sculpté et doré.

22 — Petite crédence en chêne sculpté de style gothique.

23 — Jolie vitrine de style Louis XVI en palissandre ornée de bronzes ciselés et dorés.

24 — Table rectangulaire de style Louis XVI en marqueterie de bois, ornée de bronzes ciselés et dorés.

25 — Ameublement de salon, composé de : un canapé, deux fauteuils et trois chaises en palissandre sculpté, garnis en lampas fond havane.

26 — Deux fauteuils confortables, garnis en soie
brochée.

27 — Buffet de salon en bois noir et marqueterie
de cuivre.

28 — Table de salon en bois noir et marqueterie de
cuivre.

29 — Table de jeu bois noir et marqueterie de
cuivre.

30 — Trois chaises de style Louis XV, noyer sculpté garnies en drap grenat.

31 — Etagère d'applique, en bois de fer sculpté.
Travail chinois.

32-33 — Deux bergères de style Louis XV, bois
sculpté et doré, garnies en étoffe brochée soie.

34 — Ameublement de salle à manger en chêne
sculpté.

35 — Petite commode en acajou, à colonnes. Epoque
du Premier Empire.

36 — Canapé Louis XV, bois sculpté garni en soie.

37 — Meuble de salon Louis XVI, laqué blanc, re-
couvert en velours.

38 — Petite table à ouvrage, de l'Empire.

39 — Trois chaises de style Louis XVI sculptées et dorées, garnies en soie brochée.

40 — Gaîne en acajou, ornée de bronzes. Style du premier Empire.

41 — Commode-toilette de style Louis XV, en palissandre orné de bronzes.

42 — Vitrine de style Louis XVI, en palissandre et marqueterie.

43 — Deux fauteuils en acajou ornés de bronzes. Epoque du premier Empire.

44 — Deux fauteuils en bois sculpté et doré. Epoque Louis XV, garnis en soie brochée de même époque.

45 — Canapé-Pommier, style Louis XVI, bois sculpté et doré avec coussin et lambrequins en soie brochée.

46 — Paravent de style Empire bois sculpté et doré, feuilles en soie brochée ornées de gravures en couleurs.

47 — Ameublement de chambre à coucher de style Renaissance noyer sculpté et ciré composé de : Une armoire à deux portes à glaces, un lit de milieu et table de nuit.

48 — Deux fauteuils et deux chaises de style Louis XV sculptés, peints en blanc foncés de canne dorée et ornés de lambrequins de soie brochée.

49 — Piano à queue de Erard.

5o — Piano en palissandre de Reitz.

51 — Coffre-fort de Untersteller.

52 — Bureau-ministre en bois noir.

53 — Grande vitrine en bois noir.

54 — Lit en cuivre.

55 — Buffet à deux corps en chêne sculpté à figures.

56 — Bureau de style turc en bois sculpté et incrusté de nacre.

57 — Chaise de même style sculptée et incrustée.

58 — Guéridon en acajou sculpté, dessus de marbre incrusté.

59 — Table de salon de style Louis XV, en loupe de noyer et marqueterie de bois ornée de bronzes.

6o — Table de jeu de style Louis XVI en marqueterie de bois à fleurs, ornée de bronzes.

61 — Grande glace de style Louis XIV, cadre en chêne sculpté.

62 — Glace cadre palissandre, fronton sculpté.

63 — Glace de style Henri II, cadre chêne à colonnettes.

64 — Ameublement de salon palissandre à médaillons, couvert en drap grenat.

65 — Statue. Singe sur rocher en bois sculpté formant torchère, travail vénitien.

66 — Guéridon en bambou, plateau en cuivre ciselé travail persan.

67 — Glace de style Louis XIII, cadre cuivre repoussé.

67 *bis* — Autre glace plus petite semblable à la précédente.

68 — Glace de style Louis XV, cadre doré.

OBJETS D'ART

ET DE CURIOSITÉ

69 — Deux statues en bois sculpté peint et doré, époque Louis XIV, figures de femmes casquées, portant des candélabres en bronze, à gaz, à cinq lumières.

70 — Pendule en marbre vert et bronze doré, époque du premier Empire.

71 — Pendule bronze doré, sujet : *La géographie*, époque du premier Empire.

72 — Pendule Empire à colonnes marbre blanc et bronze doré.

73 — Cartel de style Louis XIV, bronze ciselé et doré.

74 — Napoléon Ier. Statuette en bronze sur socle en marbre.

75 — Pendule en marbre : Lion en bronze, époque du premier Empire.

76 — Paire de bras à trois lumières, en bronze. Style Louis XV.

77 — Paire de chenêts en bronze : Lions couchés.
Style Louis XVI.

78 — Paire de colonnes en marbre.

79 — David jouant de la harpe. Statuette en bronze
par Marioton.

80 — Pendule forme lyre. Style Louis XVI.

81 — Libellule. Statuette en bronze par Drouot.

82 — Vase en biscuit orné d'appliques en bronze.
Style Louis XVI.

83 — Groupe en biscuit de même style sur son
socle en bronze ciselé et doré.

84 — Groupe en porcelaine décorée, genre Saxe.

85 — Encrier en marbre noir avec levrette en bronze,
époque du premier Empire.

86 — Jardinière et deux vases en faïence de Choisy
bleu turquoise.

87 — Buste de jeune fille en bronze.

88 — Buste de jeune fille, marbre.

89 — Baigneuse. Statuette en bronze par Charpen-
tier.

90 — Vase en bronze japonais formant lampe.

91 — Italien dansant. Statuette en bronze.

92 — L'Amour aveugle : Groupe sur socle, en porcelaine décorée.

93 — Jardinière ovale en émail cloisonné de la Chine, montée en bronze.

94 — Paire d'appliques à deux lumières, bronze et émail cloisonné du Japon.

95 — Vase en émail cloisonné du Japon fond noir, décor de fleurs en polychrome.

96 — Potiche en porcelaine du Japon, décor polychrome et or.

97 — Statuette en bronze : *Diane*, de GABIE.

98 — Cave à liqueurs en bronze ciselé.

99 — Canne en jonc avec poignée en écaille incrustée d'or.

100 — Statuette bronze : *la Charmeuse*, par FALGUI. Edition THIÉBAUT.

101 — *Ophélie*, statuette en bronze par PAUL FOURNIER. Edition THIÉBAUT.

102 — Groupe de faune et faunesse, d'après CLODION. Edition THIÉBAUT

103 — Paire d'appliques à l'électricité en bronze émaillé. Style Louis XVI.

104 — Plafonnier style Louis XV à l'électricité.

105 — Deux petites appliques, branches de gui, à l'électricité.

106 — Paire de vases en marbre ornés de bronzes ciselés. Style Louis XVI.

107 — Paire de vases en porcelaine de Vienne, décor à médaillons, sujets mythologiques.

108 — Pendule marbre noir et bronze, sujet : *l'Industrie*.

109 — Boîte à ouvrage en bois de teck et marqueterie de nacre. Travail tonkinois.

110 — Nécessaire de voyage dans sa boîte en palissandre.

111 — Groupe de huit personnages en grès émaillé de la Chine.

112 — Service de fumeur en émail cloisonné du Japon.

113 — Suspension de salle à manger en bronze à quinze lumières.

114 — *Mercure*, statuette en bronze d'après Jean de Bologne.

115 — *Renommée*, statuette en bronze, pendant de la précédente.

116 — Suspension à gaz en bronze, de style flamand.

117 — Plat en cuivre gravé. Travail indien.

118 — Paire de chimères en bronze japonais, formant flambeaux.

119 — Garniture de cheminée de style Empire : pendule et deux candélabres marbre et bronze ciselé et doré.

120 — Brûle-parfums en bronze de la Chine, avec dragons en relief.

121 — Canne avec bec de corbin en argent.

122 — Douze plats en faïence de Deck variés de décors. (Sera divisé.)

123 — Rithon en bronze, style antique, à anse formée par un léopard.

124 — Campagne. *L'Inspiration*, statuette en bronze.

125 — Pendule et deux bouts de table, bronze ciselé et doré de style Louis XVI.

126 — Chronomètre de marine de Bréguet.

127 — Console d'encoignure, masque de lion, chêne sculpté.

128 — Chien de Foë, en bois sculpté et laqué. Travail japonais.

129 — Tête de tigre en porcelaine du Japon.

130 — Cantine à quatre compartiments en porcelaine de la Chine.

131 — *A la cloche de bois*, statuette en terre cuite, par MILLÈS.

132 — Oiseau en bronze émaillé japonais.

133 — Brouette en bronze japonais.

134 — Deux petits vases, gargoulettes, et un brûle-parfums en bronze japonais.

135 — *Baigneuse*, statuette en bronze, patine vert foncé, par Leblanc.

136 — Deux plaquettes encadrées en émail genre Limoges, femmes chinoises.

137 — Fusil circassien, avec garnitures en argent.

138 — Epée ancienne indoue, garde gravée à personnages.

139 — Sabre japonais.

140 — Deux revolvers.

141 — Deux pistolets Louis XIV.

142 — Sabre japonais.

143 — Garniture de cheminée, pendule et deux candélabres bronze et marbre noir.

144 — Graphophone.

145 — Lampe en bronze et verre de Murano.

146 — Pendule et deux candélabres de style néo-grec.

147 — Paire de bras-appliques de style Louis XV, en bronze.

148 — Porte-bouquet, monture en cuivre ciselé et doré. Style bysantin.

ARGENTERIE, BIJOUX

149 — Service de table de douze couverts et une louche en argent de style Louis XV.

150 — Couteau, fourchette et cuillère d'enfant en argent. Style Louis XV.

151 — Pince à sucre argent. Style Louis XVI.

152 — Huit petites cuillères à sel en argent et en vermeil.

153 — Truelle à poisson en argent, manche ivoire.

154 — Couvert à entremets en argent, manches ivoire.

155 — Bourse en argent.

156 — Jatte en cristal, monture en argent doré.

157 — Bague en or ornée de perles et de roses.

158 — Bague en or, roses et rubis.

159 — Bague opale et roses.

160 — Vingt-quatre couteaux et service à découper manches ivoire.

161 — Louches, couverts et cuillères à café en plaqué anglais et Christofle.

162 — Deux boutons de manchettes en or.

163 — Porte-mine en argent doré.

OBJETS DE VITRINE

MINIATURES

DENTELLES, ÉTOFFES ANCIENNES

164 — Miniature rectangulaire sur ivoire : la *Princesse de Bourbon-Conty*, d'après NATTIER.

165 — Miniature ovale sur ivoire : *Marton la bouquetière.*

166 — Miniature ronde sur ivoire : *Jeune femme en toilette décolletée*, époque Louis XVI.

167 — Miniature ronde sur ivoire : *Jeune femme en toilette bleue*, d'après HALL.

168 — Bonbonnière en ivoire, ornée d'une miniature sur ivoire.

169 — Miniature ronde sur ivoire : *Portrait de jeune femme en costume Louis XV.*

170 — Médaillon en émail, sur paillons argent, par Georges JEAN.

171 — Paire de petits vases en émail ornés de miniatures.

172 — Poignée incrustée d'or.

173 — Croix en émail, paillons or et argent.

174-175 — Deux groupes : *Femme et enfant*, en ivoire sculpté. Travail chinois.

176 — Cadre ovale en bronze contenant trois petites miniatures anciennes : *Amours*, sur ivoire.

177 — Cadre ovale en bois noir contenant trois petites miniatures anciennes sur ivoire : *Ruines au bord d'un lac*, et *Femmes grecques*.

178 — Miniature ovale sur ivoire : *Portrait de jeune femme en costume Louis XVI*.

179 — Petite miniature sur ivoire : *Pastorale*.

180 — Porte-allumette (enfant en bronze).

181 — Jumelle marine.

182 — Lot de belles dentelles et guipures (*sera divisé*).

183 — Corsage en guipure.

184 — Lot de chapes, chasubles et voiles en soie brochée Louis XV et Louis XVI.

Sera divisé.

185 — Tapis en damas orné de broderies, médaillon de la Vierge, vases et fleurs XVIIe siècle.

186 — Bandeau en velours bleu brodé en soie. Epoque Louis XVI.

187 — Dix chaperons, étoffe brochée de diverses époques.

Sera divisé.

188 — Quatre rideaux étoffe moirée bleue.

189 — Deux rideaux étoffe moirée verte, avec applications.

190 — Deux paires de grands rideaux en lampèze havane.

191 — Tenture de chambre à coucher en étoffe imprimée genre Jouy. Style Louis XVI.

192 — Tenture de chambre à coucher en toile imprimée de même style.

193 à 195 — Trois tapis d'appartement et thibaudes.

196 — Tapis ancien d'Orient.

197 — Carpette en tapisserie à fleurs au point croisé.

TABLEAUX ANCIENS

ET MODERNES

DESSINS, AQUARELLES, GRAVURES

198 — Peinture sur panneau, du xvie siècle : *Jésus devant Pilate.*

Cadre sculpté et doré.

ASTI

199 — *Portrait de Mme M...*

BESSÈDE (H. R.)

200 — *L'Aubade à la lune.*

BESSÈDE (H. R.)

201 — *Gare la flotte.*

BESSÈDE (H. R.)

202 — *Une bouquetière en 1793.*

BESSÈDE (H. R.)

203 — *Gerbe de fleurs.*

BROWN (Louis)

204 — *Tête d'enfant.*

COCK (César de)

205 — *Paysage.*

DAUBIGNY (D'après)

206 — *Paysage.*

DUFEU

207 — *Paysage avec figures.*

ECOLE ITALIENNE

208 — *La Vierge à l'enfant.*

FRANÇAIS

209 — *Paysage.*

GARAT

210 — *Vue de Paris,* aquarelle.

GARAT

211 — *Vue de Paris,* aquarelle.

GARAT

212 — *Vue de Paris,* aquarelle.

LENOIR (M.)

213 — *Le gué.*

MARGARITA (E.)

214 — *Paysage,* dessin.

MAY

215 — *Le Duel*, scène tirée de Ivanhoé.

OLARIA

216 — *Chiens*.

SAINTIN

217 — *Portrait d'enfant*.

SALVATOR-ROSA (Attribué à)

218 — *Paysage avec figures*.

SOMM (Henri)

219 — *Parisiennes*. Quatre dessins rehaussés.

220 — *Deux panneaux décoratifs. Paysages*.

221 — *La Semeuse d'amours*. Gravure en couleurs, d'après Fragonard.

222 — *La Bonne mère*. Gravure en couleurs, d'après Fragonard.

223 — *L'Enlèvement nocturne*. Gravure en couleurs.

224 — *Les Cerises*. Fac-simile d'aquarelle de Em. Bayard.

225 — *Unis pour toujours*. Fac-simile d'aquarelle de Roosler.

226 — *Le Peintre d'enseignes*. Gravure en couleurs de Alonzo Perez.

227 — *Le Pot au lait*, photo-peinture. Cadre de style Louis XV.

228 — *La Belle-mère.* Gravure ancienne d'après GREUZE.

229 — *La Dame bienfaisante.* Gravure ancienne d'après GREUZE.

230 — *La Veuve et son curé.* Gravure ancienne d'après GREUZE.

231 — *Napoléon Ier au tombeau du grand Frédéric.* Gravure ancienne avant la lettre.

232 — L'Œuvre de JOSEPH VERNET. 1 vol.

233 — Lot de gravures anciennes en noir. (Sera divisé.)

234 — Sous ce numéro seront vendus les objets omis au catalogue.